복사꽃 청첩장

임미자 시집

복사꽃 청첩장

문학산책사

시인의 말

겨우내 땅속에 묻혀 있던 씨앗들이
싹을 틔워 세상 밖으로 고개 내밀듯
등단 이후 20년 동안 내 안에서 서성이던
마음의 씨앗들을 한 권의 시집으로 꽃피워
세상 밖으로 날려 보낸다.

시의 뿌리가 얕아 작은 바람에도 흔들리지만
한 걸음 앞으로 더 나가기 위해
분홍빛 복사꽃 향기 머금은 청첩장을 돌린다.

이 시집을 읽는 사람들 마음이 햇살에 닿아
작은 여운으로 오래 퍼져나가기를 소원한다.

모르는 척 외도를 해도
시는 항상 내 곁에 머물러 있었다.
이제 문학의 고향 집에서 행복에 잠긴다.

2026년 봄 곁에서
임 미 자

복·사·꽃·청·첩·장 임미자 시집

■ 차례

시인의 말

1부 복사꽃 청첩장

2부 스토킹 남자

3부 얼룩말 달리다

4부 오늘도 내일도 꽝꽝

1부

복사꽃 청첩장

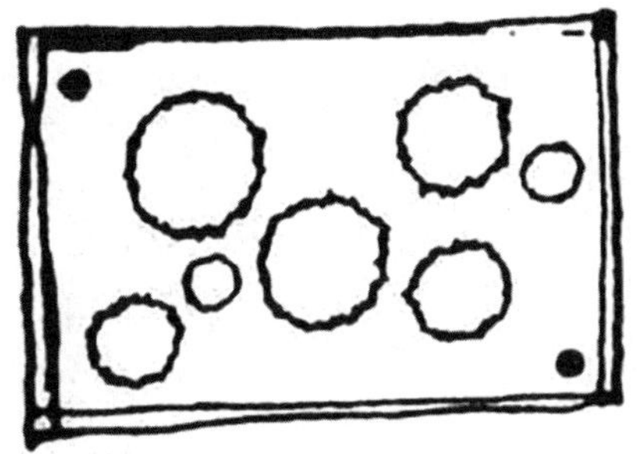

목련

겨우내 덮었던 하얀 이불
묵은 때 세제 넣고 돌리면
동글동글하게 뭉쳐지는 먼지
하얀 거품은 원을 그리며
세탁기 안에서 철썩철썩 파도친다

이리저리 돌고 부딪히며
몸살 나기 시작하고
먼지 헹궈 내려고 안간힘 쓰며
여러 번 헹구어 탈수한다

햇살 한 숟가락 추가하면
건조기 안에는
새로 장만한 이불처럼
뽀송뽀송 온기 가득하다

구김살 없이 하얗게 펴진
이불 위에 피어나는 꽃
입 오므렸다 폈다

탐스러운 꽃송이
향기 없는 꽃은 없다고
얼어붙은 강변을 헤매던
우아한 꽃 속으로 빠져드는 봄

꽃향기에 취해
날개 내려놓은
나비들도 팔랑팔랑
하얀 이불 속으로 잠이 든다

벚꽃

뻥이요
수원 지동시장 골목 돌고 돌아
뻥튀기 아저씨 분주한 손길 속에
받은 번호표
낡은 깡통에 담긴 흰쌀

좁은 골목길
가던 길 멈추고 구경하는 구름
우주선 탑승하는 고봉 쌀
발사 외치는 순간
연기 뿜으며
하늘 위로 날아오른다

좁은 공간에서
뱅글뱅글 도는 우주선
지구가 달을 당기듯
별 주위를 맴돌며
하얀 꽃잎 행성을 돌고 돌아
뜨겁게 달궈진 몸으로

우주선 타고 내려와
승객 맞을 준비 한다

뱅뱅 맴돌며 날아다니는 참새들
날개 퍼덕이다 내려놓고
번호표 받고 줄 서 있는
우주선 탑승객들

우주 정거장에서
입장권 들고
순서 기다리며 설레는 마음으로
오천 원으로 할 수 있는 우주여행
구수한 추억을 배로 튀긴 하얀 꽃잎
두둑이 우주여행 떠난다

복사꽃

4월 26일 낮 12시
돌이와 순이 결혼합니다
꽃잎 지기 전 봄바람처럼
살랑살랑 웃음 날려 드리겠습니다
신랑 싱글벙글 웃음꽃 피우고
신부 얼굴 붉게 핀 연지 꽃
진한 향기 속삭이는 가지마다
이른 봄에 결혼한다고

남아 있는 쌀쌀한 바람 이겨내고
아픈 봄밤 참아내고
송이송이 꽃 피우기 위해
상처마다 분홍빛으로 아물고
가지마다 웃음 걸고 약속합니다

서로 부딪치지 않도록
어려움 이겨낼 수 있도록
달콤한 향기 청첩장에 가득 담았답니다
분홍 드레스 바람에 팔랑팔랑 날리고

턱시도 차려입고 춤추는 신랑
복사꽃으로 물들어
서로 닮아가는 한 쌍입니다
비바람에 부딪히며 살아 보겠습니다

설익은 약속에도 구경나온 하객들
부드럽고 달콤하게 익어가기를
힘찬 박수로 화답합니다

윷놀이

줄 올라타고 긴장하는 발가락
눈빛 밟으며 가는 몸 던져
웃음꽃 선사하는 광대
한 마리 나비처럼
마당 위를 날아오른다

두 날개 퍼덕이며
힘껏 날아오르면
구성진 노랫가락
팽팽한 가죽 끝에서
퍼지는 웅장한 북소리
둥그런 놋그릇을 긁는 듯한
꽹과리 소리에 맞춰
한 몸을 이루는 광대

소리에 몸짓을
소리에 목청을
소리에 감정을
소리에 재주를 입히는 소리꾼이다

내 몸 줄무늬는
돼지가 되어 뒤뚱뒤뚱
개나 양이 되어 달려가고
소나 말 장수 되어 주인을 섬기고
가다가 쉬었다가 돌기도 하면서

보름달 아래
통째로 몸을 엎었다 뒤집었다
풍년가가 하늘을 흔들어 댄다

유리

내 몸에 붙어 있는 종이 한 장
— 주인님을 기다립니다
아무도 찾지 않는 넓은 매장
텅 빈 몸에 올라온 허기
하얀 구름 이사 가는 날
마음 허해져 구름 발자국 쫓아다닌다

얼굴 가려놓고
보러 오는 사람 없고
월세만 묻고 고개 흔들며
냉정하게 등 돌리는 사람들
계약 성사되길 기다린다

임대 들어오면 간판 달아주고
달빛 조명 넣어 줄 텐데

나는 반딧불이 되어
온 동네 날아다니며
동네 이야기 매달고

환한 미소로 홍보해 줄 수 있는데

아직 주인 만나지 못해
내 몸에는 임대 문의 글귀 남아 있고
기다리다 지친 햇살 들어와
상담 중이다

늦은 밤 찾아오는 별들도
친절하게 상담해 줄 예정이다

수선화

그리운 벗 따라 돌아갈 수 있을까
꽃 핀 자리, 상처 깊어지고
나가고 싶어도 길 막힌 유배지의 섬

마지막까지 놓지 않았던
붓 한 자루 이 섬에 남아
꽃이 진 자리마다 상처 눈부시다

붓 가는 대로 세월 가는 대로
그 울분을 담아낼 수 있다면

추사관 뒤편에 숨겨진 노란 웃음
고통의 무게 뒤로한 채
하늘 향해 웃고 있는 꽃

물길 따라 바람 부는 대로
슬픈 유배지 찾아 나 홀로 피었네

하얀 속적삼 풀어헤치며

차가운 물 속에서
맑은 영혼 피어오른다

천대받는 아픔 사무쳐
엉킨 세상 때를 씻어내고

붓 잡고 선 긋고 획 그리며
창호지 위에 그럴듯하게
마음 한 폭 내려놓는다

금전수

벽에 걸려 있는 작은 액자 안
금전수 한 그루 심어
필요할 때 한 잎씩 따서
쓰다 보니

통장은 바닥을 보이고
액자 안에 남은 여백
허공을 향해 던지는
빈 마음만 미안하고
쌓여 있던 잔액 구멍이 나도
그래도 버리지 않는 구석이 있다

노란 싹 다시 돋아날 거라고
든든하게 지켜 줄 거라고
노란 금덩이들 하나둘 달리고
액자 안 작아지면
큰 액자 속으로 이사할 거라고
금전수 한 그루 심었더니

하루가 다르게 쑥쑥
이자처럼 자라고 있다

군자란

조용히 우리 집으로
입양 온 아이
새순 자라듯 키 한 뼘씩 자라
꺾인 줄기처럼 침묵에 잠겨
입은 뾰족뾰족
한동안 몸살 앓고 고개 숙이다
꽃망울 고개 들어
윗입술 아랫입술 맞닿으면서
말문 툭툭 터졌다

두 볼 볼그레 꽃 피우고
둥글둥글 살짝살짝 웃는
가슴으로 낳은 아이
송이송이 맺은 인연
어린뿌리 알몸으로
작은 둥지 틀었다

아픈 상처 잊고
아린 기억으로 찾은 가족

만개한 웃음소리
봄이 오는 골목에서도
꽃 몽우리 지는 날에도
귀여운 정 쑥쑥 자라고 있다

찔레꽃

가시덤불 같은
젊은 시절 다 걷어내고
어느덧 꽃봉오리 같은
중년에 접어들었다

불같은 성격 바람에 쓰러지고
내리쬐는 햇살에 빛바랜 얼굴
거뭇거뭇 기미 달아오를 때
희끗희끗 올라오는 흰 머리
가르마 사이로
물꼬 터놓은 물길 같다

나이 들수록 고개 숙이며
겸손해지는 법 가르쳐주는 유월

행여 남의 가슴에
가시 같은 상처 주고
돌아오지 않았는지

하얀 달력 속에는
생일이 꿈틀거리고
괜찮다 괜찮다
걱정하지 마라
고향의 아버지
어서 가라
손짓하며 뒤돌아서던 모습
그려지는 하얀 밤

봄비

슬며시 다가왔다

밤늦게 들어와 늦은 저녁 먹고
더부룩해진 배 움켜쥐고
이른 아침 출근하는 길

저녁에는 열쇠로 문 열고
아이들 깰까 봐 까치발 들고
살짝살짝 발걸음 낮추던
늦은 시간
가슴 속까지 촉촉하게
스며드는 낮은 목소리

십 년 지난 지금도
몰래 한 짝사랑이
창문의 물기 되어 내려온다

허전한 가슴 모퉁이
조용히 쓸어주듯

비단보다 부드럽게
다가오는 소리
내 살 속으로 어느새 들어온다

굿

붉은 담벼락 아래
머리에 고깔 쓰고
뛰어오르는 무녀
신에게 다가서려는 몸부림
버선발로 마중 나온 새색시처럼
온몸 가볍게
한 손에 부채 들고
한 손에 방울 흔들며
누구도 오르지 못한 경지에 이른다

가느다란 허벅지 호적 소리에
박자 맞추고
일 년 내내 무고함을 빌며
동네 한 바퀴 돌고
풍년을 염원하는 농악대 소리
높은 하늘까지 찔러대고
대추나무 잡귀 쫓아낸다

향나무는 그윽한 향 피우고

떡시루처럼 김 모락모락 나는
굿 한마당은
나룻배 타고 고향으로 돌아오다
거센 파도에 뒤집혀
억울하게 죽은 삼촌
영혼을 달래준다

매화

눈빛 두리번두리번
꼼지락꼼지락 움직이는
손가락 발가락

핏기 가시지 않은
볼그스레한 아기 얼굴빛
고개 갸우뚱 웃는 듯 우는 듯
잘 떨어지지 않는 입술로
옹알옹알
엄마에게 말하고 싶어

터뜨린 첫 웃음
또르르 구슬 굴러가는 소리
엄마 바라보고 눈 마주치며
숨죽인 목소리로 들려주는
자장가 소리

아롱아롱 피어오르는
배냇저고리 아기분 냄새
향기처럼 봄빛 안에 누워 있다

산수유꽃

갓난아기 웃음소리
옹골지게 꼭 쥔 아기 손등 위에
몽글몽글 맺힌 웃음꽃

추위 속에 피워낸
좁쌀 같은 노란 웃음
버들강아지처럼 부드러운 살결
가느다란 머리카락
꼬물거리는 작은 발
사진 속 아기 볼에
꽃이 피어난다

엄마 뱃속 움츠리다 켜는 기지개
까르르 터지는 웃음
겨우내 녹아내린 눈물 대신
온 마을에 몽글몽글
노란 안개 두리둥실

앙상한 나뭇가지에 매달려

봄비에 꼿꼿이 고개 들고
봄바람에 당당히 흔들리며
푸른 나뭇가지에 흔들리는 봄

또랑또랑한 눈동자로
세상을 마주하기 위해
보드라운 아기 볼 젖살 올라오고
엉덩이 토닥이며 눈 맞추고
따스한 봄날처럼
활짝 피어나렴

2부

스토킹 남자

장마

가슴 속으로 비바람 불어오고
겁 없이 천둥 번쩍 찾아오는 날

말없이 뒤따라와
집 앞에서 머뭇거리며
눈치 살피더니
헛된 비밀번호 눌러 대고
손잡이 부술 듯 문고리 잡아당긴다

처음 보는 거친 얼굴로
동네방네 욕설 퍼붓고
나오라고 소리소리 지르는 남자
슬그머니 다가와 협박하다
상처만 남겨놓고 달아나 버렸다

아무 때나 찾아오고
불시에 집까지 따라와
천둥 번개 치듯 우당탕 요란 떨더니

음산한 바람 한바탕 몰아치자
덥고 습한 기온 치솟는 날 반복되고
고기압 아래 찌푸린 하늘
내 마음도 흐린 날
비바람에 흔들리는 나무도
무섭고 버거운 날 계속되었다

장마 걷히자
스토킹 남자 마침내 조용히 돌아가고
먹구름 이삿짐 꾸리고 떠나가던 날

흰 구름 한 짐 풀어놓고
또 돌아올까 겁먹고 기다린다

달맞이꽃

노란 원피스 입고
밤마다 출근하는 무명 가수
굽 높은 구두 훤칠하게 신고
밤무대에 오른다

남행열차 노래에
신나게 춤추며
끌어 올린 고조된 분위기
뜨겁게 달아오른 몸으로
호남선에 올라탄 사람들

무명 가수 뒷모습에
뜨지 못한 사연 가슴에 담아
마이크 부여잡고
목청 올리며 소리 가다듬는다

언제쯤이면
해 뜨는 언덕에서
피어날 수 있을까

자정이 되어서야
열차에서 내려 새우잠에 빠진다

밤길 따라다니며 흔들리는 어둠
밤에 달리고 싶지 않아도
비 내리는 호남선 따라
달리는 완행열차

오늘 밤에도 지친 몸으로
신나게 달리는 꿈에 시달린다

치과 의사

광교신도시 중심에 선 대형 치과
지하 1층으로 내려가면
간호사 접수 시작하고
사진 찍고 기다리는 사이
꿈틀거리는 충치들

신경 잃은 치아
하얀 실금처럼 얇게 뻗어 있고
교정하지 못한 덧니는
나를 닮아 잇몸 밖으로
불쑥 튀어나와 있다

이와 잇몸
신경이 곤두서는 사이
치과 의사 들어와
입안 샅샅이 뒤지며
칙, 소리에 놀라고
살짝 두드리는 소리에도 놀라는데
턱관절 진단 내리고

바람처럼 사라져 버렸다

나를 설레게 한
입안으로 불어온 봄바람
차가운 입안에 꽃피워 놓았다

요즘 치과 의사 다 꽃미남이네

매미

한이 많아 눈이 붓도록
밤새 울었구나
지구 돌다 지쳐서
그렇게 울었구나

옆집 아저씨
멀리 승천했을 때도
지저귀는 새처럼
지치고 힘들어할 때도
목놓아 울어주고
억울한 일 당했을 때도
나보다 더 슬퍼 보였구나

한 풀어주면서
나 대신 벽에 붙어서
목 놓아 울다 지쳐
기도 올리고 있구나

은사시나무 가지에 앉아

삼천 배 올리며
공양하고 있구나

선운사 대웅전 맴도는 기도 소리
목어처럼 떨리는 목소리로
신자들을 위해 기도하고 있구나

합장하는 범종 소리
맴맴 귀에 맴돌고
더위 씻겨 주는 시원한 소리로
기도하고 있구나

동전

희끗희끗한 머리
꼬불꼬불 파마하고
시장에 간 할머니
아무도 쳐다보는 이 없다

흰 티셔츠 입은 젊은이들
청바지만 걸쳐도 예쁜데
유모차 의지하고
굽은 허리로 걸어가는
할머니 뒷모습이
동전처럼 작아 보이는 날

오백 원 동전에
새겨진 두루미처럼
목 길게 빼고 하루를 밀고 있고
백 원 동전에 새겨진
이순신 장군처럼 나도 한때
호령이 뒷산 마루 넘던 날이 있었다고

하늘 뚫고 오르는 물가
높은 곳에서 내려온
바나나 한 송이

고개 숙인 할머니처럼
노란 단맛 품어 낸다

할머니의 젊은 시절도
단맛 나는 세상이었으리라

말없이 쳐다보고
조용히 돌아가는 유모차 뒷모습
하루를 동글게 밀어준다

개심사

산길 오르는 초입
반겨주는 세심동 비석
마음부터 깨끗이 닦고 오르는 길
팔다리 굳어버리는 희귀병에 걸린
아내 간호하며 힘든 내색 없이
항상 웃음꽃 피우는 친구

간호사 딸 어린 아들만 남겨놓고
인사 업무로 인한 스트레스 겹쳐
갑자기 췌장암으로
먼저 세상 떠난 친구 생각나
가던 길 멈추고 명부전 앞에서
두 손 모아 합장한다

흐트러진 마음 모아놓고
멀리 보내고 따라가지 못하는 마음
한가득 담아 올리는 청벚꽃

그 세상은 평안하신지요

봄이면 안부 몇 자
연등에 적어 보내요
근심 걱정 없는 극락세계
마음 푸르게 피어나시는지요

옥수수

누런 금으로 씌워 놓았던
구멍 뚫린 이빨 속으로
활개 치고 있는 충치
치과 갔더니 호강한다

사진 찍어주고 이- 하는 순간
드러난 잇몸 마취하고
잡아 제친 충치
본떠서 갈아준 이빨 위에
일주일간 써 보라고
잇몸에 붙여준 옥수수알

내 잇몸에 주저앉아
에헴 하며 늘어뜨린 수염
갓 쓰고 양반행세 한다

씹는 것도 달라지고
묵직한 목소리로 이리 오너라- 하며
양반 놀이하는 사이

내 이빨인 양 달라붙어

입안에서
달콤한 아이스크림을
낯선 양반이 먼저 맛보고 있다

민들레 1

노랑머리로 염색한 그녀
허물 벗겨진 투명한 손
장갑 끼고 습진약 바르고
검게 물들이는 하얀 새치

마음속에서
느껴지는 그녀의 바쁜 손길
오고 가는 대화에서
힘겨운 하루를 만난다

파도처럼 밀려오는 손님
염색약 냄새 떠다니고
위궤양에 걸려 속 쓰릴 때도 있다

싹둑싹둑 잘려나가는
그녀의 생각들
파마약으로
구불구불해지는 머리카락 사이
점심시간도 놓친 채

바닥에 쌓인 잡념들로
머리카락만 하얘진다

다리가 부어오른 늦은 시간
그녀의 푸른 꿈은
검은 머리 다시 자라듯
노란 새순으로 파릇파릇 돋아난다

피로마저 자라는 늦은 밤
꿈을 잃지 않은 노란 열정
찬 벽에 기대 울리는 그녀의 빈방
숨죽여 오르막길 오르는
그녀의 쉰 목소리 멀리 울려 퍼진다

민들레 2

꽃 지고 난 뒤
상처 아물고
씨앗 물고 떨어뜨리는 털실 뭉치
천방지축 날아다닌다

속 터지는 엄마 가슴에도
한 주먹 뿌리는 씨앗
할머니 가슴에도
움켜쥐고 있던 추억의 씨앗

여기저기 뿌려지는
털실 같은 씨앗
가볍게 날아다니며
뿌리내린 돌 틈에도
맨홀 뚜껑 옆에
지친 육신 내려놓고 웃고 있다

자신들이 위험하다는 걸
눈치채지 못한 채 앉아

바람 타고 몸 뉘여 가며
꽃 피우기 위해 준비하는 씨앗들
날개 펴고 날아올라
떠돌아다니는 중이다

엄마 눈길도 따라다닌다

육쪽마늘

도시로 출가시킨 육 남매
홀로 남은 식구는
밭고랑에 뿌리내린 육쪽마늘
초록 들판 끝 마늘밭에
속살속살 드나들던 햇살
산허리에 구름 내려앉은 저녁
허공 향해 숨 들어 올리는
마늘 꽃대

단단하게 차오르는 속
굵어지는 알
흙 속에 엉킨 기억 지우고
처마 끝에 매달린 마늘처럼
알싸하고 매운 시집살이하는 둘째 딸

매운맛 나는 마늘처럼
평생 걱정 누그러지고
괄괄하던 아버지의 작아진 목소리
가을마다 살 오른 마늘

택배로 보내고
몰래 용돈 넣어 주던 아버지

매운맛 빠진 서러운 시집살이도
둘째딸 아파트 장만했다고 좋아하는 아버지
얼굴에도 알싸하니 꽃이 피었다

구원

해 넘어가고 산 넘어가고
오십 줄 점점 빠르게 넘어가는데
짝 찾지 못해 밤새 울고 있는 친구

구슬구슬 내리는 빗방울
툭툭 떨어질 때
애달프게 목쉬도록 우는 밤

잠 못 이루는 별들에게
하소연하고 싶은 친구
술로 달래보는 짠한 마음

외로움만 쌓여가고
아까시나무에 걸친 반달도
짝 찾고 있을 때
총총 따라오는 별들

여자 친구 찾는 구원의 소리
집까지 따라오고

개굴개굴 개굴개굴
혼자 못산다고 노래 부른다

모두 잠든 후에 깊어진 어둠
더 크게 들리는 짝 찾는 울음소리
오늘도 가수처럼 논둑 아래 숨어
구애의 노래 맹연습 중이다

모기

사무치게 기다리다 보면
밤이면 밤마다 찾아오는 손님
방 치우고 잠 설치며
모기장 걷어놓고 기다린다

자꾸 유혹하고
요리조리 쫓아다니며
내 곁으로 와서 향수 냄새 맡고
팔 걷어붙이고 침을 놓는다

퉁퉁 부어오르는 살갗
빨갛게 부항 뜨고 떠나버렸다

낮에도 윙윙 밤에도 윙윙
몸살 나고
감기약 먹으면서
모기장 안에 들어와
날개 내려놓고 휴식 중이다
바쁜 일정에 벌떡 일어나

뾰족한 침 점검하고
아침밥도 거르고 떠나버렸다

여름이면 어김없이 찾아온 손님
마땅한 찬은 없어도
팔 걷어붙이고 찌개 끓이고
나물 무쳐서 대접한다

꿀벌의 짝짓기

꽃향기 불어오는 날
바람이 밀어주고
하늘 끝에서 날아오르는
경로가 정해지지 않은 종착역
살포시 접어 내려놓은 지친 날개

꽃 피어오를 때 구애를 시작하고
꽃 떨어질 때 비애를 겪는다

꽃이 바람 따라 흔들린다는 것은
짝짓기한다는 신호

나무도 나무끼리 짝을 찾고
꽃들도 짝짓기를 시작한다
꽃씨 뿌리며
비를 만나 한 몸이 되고
꽃 위에 앉아 있다가
피고 지는 꽃들처럼

꿀벌도 사랑이 필요하다

3부
얼룩말 달리다

얼룩말

개미허리만큼 작아진 취업 문
대학교 강의실 빽빽한 필기 속
책갈피 사이로 꿈은 튀어 오른다

멀게 느껴지는 초원 위 얼룩말
촉각 세운 작은 귀로 세상을 듣고
빠르게 변하는 시장을
큰 눈으로 쫓아다닌다

상처처럼 짙어진 검은 줄무늬
힘겨운 공부 버텨낸 졸업장
밤낮없이 뛰어다닌다

넓은 세상 나아가기 위한
힘겨운 발길질 계속된다

도서관 불빛 새벽녘까지 빛나고
꿈을 향한 긴 목 늘여가며
나만의 무늬 새기며

대기업을 향한 몸부림
먼 길을 가깝게 뛰고 또 뛰어간다

미꾸라지

제법 자랐다 싶더니
어느새 어미 연못
벗어나려는 아이

잔소리 물결 일렁일라치면
요리조리 피하는 법
먼저 배워서
눈 마주칠 때마다
지느러미로 미끌미끌 외면한다

세상 속으로
꼬리치며 뛰어들어
지치고 힘 빠지는 진흙판 속에
찾아온 칼칼한 갈증
물이 그립다는 걸 깨닫게 되었을까

진흙탕 휘젓던 그 자리
가라앉은 관심의 무게
정 머물렀다 간 자리에는

흔적이 남는다는 것 알고 있을까

그리워지는 맑은 물
눈빛 속에
가시 박혀 있다는 것을
그제야 알 수 있을까

연못 가장자리
숨결 스민 그 자리에
떨리는 조바심이
아직 여린 가슴에 닿을 수 있을까

립스틱

도화지 위에 엄마 얼굴 그리고
사진 속에 나란히 있는
아버지 얼굴도 그려본다

장날이면 곱게 화장하고 시장가던
엄마의 뒷모습 그리워진다

꽃피는 봄이 오면
사진 속에서 웃고 있는 얼굴
영정 사진에 피어오르는 복사꽃이
거센 파도처럼 밀려오는 날

나룻배 타고 강경 시장에 간 엄마
가슴 한쪽 맴돌아
너울너울 출렁이는 파도
몸빼 바지에 물결치는 엄마
밀려오는 밀물처럼
젓갈의 짠맛이 느껴질 때

짠하게 절여지는 엄마 마음
도화지 위에 펑펑 내리는 눈
시퍼렇게 질린 엄마 입술 생각나
바닷물처럼
내 가슴 속에서 출렁댄다

단풍잎

뚝뚝 떨어지는 한 마디 생각
화끈 달아오르는 얼굴
바람 따라 흘러온 음표들
높은 음자리표 그리며
온몸에 열꽃 피고
오선 위를 높이 날아오르는 음표
온몸에 냉기 돌면
음표는 오선 아래로 내려간다

내 몸에 흐르던 혈도
잠시 쉬어가듯
조금씩 느려지고
우왕좌왕하는 사이
회춘하는 도돌이표
찾아오는 생각들
팔분쉼표 오선지 위에서
박자 맞추는 중이다

흥건해지는 식은땀

삭은 몸뚱이 위로
바스락바스락
뼈 뒤척이는 소리
푸른 기억 꿈 놓친 자리마다
생각이 꿈틀꿈틀 싹 틔우고 있다

은행나무

누런 가로수 옆 은행나무 집
슬그머니 도둑 들어 무참히 털렸다

가스총 소리에
가방에 누런 돈다발 채우고
허공을 맴도는 은행나무 집

가로수 옆 정자나무 집에도
CCTV 검은 천으로 가리고
마스크로 얼굴 가린 사내는
두리번두리번
악취 나는 돈 자루에 담아
달빛 속으로 사라졌다

누런 은행나무 집에는
찬바람만 매달려 떨고 있고

가로수 정자나무 집에는
누런 발자국 소문만 남아

찬바람으로 쌕쌕 천식 앓는 소리
갈그랑갈그랑 기침소리

가을밤 흔들어 대며
가래 끊는 소리 요란하다

다락방

옷감 고르고
한땀 한땀 수 놓는다
옷감 자르며 갈등도 자른다
가위 들고 바쁘게 움직이는 재봉사

재봉한 옷 실밥 자르면
안경 너머로 숨어버리는
가난이 꿈틀거리고
굳은살의 움직임을
꼼꼼하게 박아 내려가는 재봉틀

옷 한 벌 완성되기까지
잠시도 눈 떼지 못하는
설렘 속에서
구김의 주름 펴고

선 따라 완성되는 옷은
쭉 펴지는 다림질에
원피스가 되었다가

정장이 되기도 한다

옷 뒤에 박힌 시침질은
부르튼 손들이
허물 벗는 소리다

능구렁이

마트 안 삼겹살 시식 코너
몰려온 사람들
어른도 한점 아이도 한점
오고 가며 고기를 먹고
처음 먹어 보는 표정 짓고
연기하는 사람들

박 여사는 구렁이 한 마리
가슴에 품고 살다
타들어 가는 속 다스린다

점점 각박해지는 하루
불판에 익어가는 삼겹살처럼
시커멓게 타들어 가는 가슴
요리조리 뒤집혀도 웃고 있다

시식 코너에 몰려드는 사람들
먹고 스쳐 지나가듯
진동하는 고기 냄새

앞치마에 밴 기름 냄새
마트에 퍼져나가고
코 자극하여 사람들 불러들인다

발길 잡아당기고 손목 잡아당기는
속 타는 여사님 뒤집힌 속 뒤집으며
오늘 하루도 싹싹 닦아 낸다

방화수류정

용두암 위에 내려앉은 정자
이성에 눈뜬 아이들
바람에게 고민 털어놓고
반짝거리는 눈빛
풋풋한 가슴 사이로
불현듯 번뜩이는 성

햇살 아래 숨은 정조의 비애
별빛 흐르는 연못의 눈망울
하나 된 청춘의 끈끈한 열기
세상을 향해
수원천 흘러가듯
유유히 흘러 다닌다

버드나무 가지 사이로
살짝 고개 내밀고
바라보는 성곽 위 팔작지붕
수면 위로 떠 오르는 달그림자
용지대월이고

내 마음 둥근 달 따라
유순한 버드나무처럼
청춘의 꽃 쫓아다니는 이성
이 성에 찾아오니
이성이 해결해 준다

잠자리

밤마다 잠자리 찾아 헤매다
날개 내려놓은 빈 몸으로

신문지 위에 앉은 무거운 몸
밤새도록 불침번 선다

내일은 어디에 몸을 뉘어야 하나
앉아서 날을 새야 하나
파르르 날개 쳐 올라야 하나

기나긴 밤
주변의 소음 속으로 빠져들어도
듣지 못하는 내 이야기
집 찾아 헤매는 소리
푸드덕푸드덕

비상구로 탈출을 시도하며
비행을 꿈꾸던 잠자리처럼

어둠 뚫고
빛이 공존하는
하늘 위로 날아오르면
세상이 달라 보인다

산불

술 취한 사람처럼
벌겋게 달아오른 얼굴

소나기 내린 듯
잠시 사그라들다
갑자기 불이 난 듯
다시 활활 불타오른다

하수구에 빠진 것처럼
온몸의 힘 빠지며
주체할 수 없는 몸
꺼지지 않는 불길이다

하루에도 몇 번씩
찬물 확 퍼붓고
더웠다 추웠다
바람 불면 불씨 살아나듯
얼굴 목 등줄기로 땀 흘러내린다

몸 타고 오르는 불
온몸으로 번져가는 불길처럼
백하수오 영양제 먹고
급한 불 꺼보지만
사그라지지 않는 불

하루에도 몇 번씩 꺼졌다가
살아난 불씨는 활활 타오른다
119도 소용없는 불이다

파꽃

툇마루 앞 작은 텃밭
쭉쭉 뻗어 올리는 푸른 대궁
잔뜩 부풀어 오르는
푸른 줄기 속 단단한 속내
알 길 없어
동그랗게 피워 올린 꽃망울

촘촘히 피어난 파꽃
머리 위에 피고 지고
파랗게 맺은 씨앗 방
고랑마다 바람 쫓아다니며
씨앗 뿌리고
짧은 숨에 흩어지는 씨앗들
꽃 진 자리에 씨앗 담아내는 생
넓게 자리 잡은 흰 뿌리는
깊은 생각 끌어 올린다

속이 비워질 때마다
응어리 꽃대 세우고

퉁퉁 부은 종아리로 잠 못 이루며
깊은 생각 밀어 올리고

매운 추억이 사무치게 그리워질 때
꽃가루 사뿐히 옮기는 벌과 나비
몽실몽실 피어오르는 구름 꽃
깊은 생각이 뿌리를 내린다

허수아비

벼 이삭 고개 숙인 들녘
논 가운데 중심 잡은 허수아비
헌 밀짚모자 쓰고
낡은 양복 한 벌 멋지게
차려입고 서 있다

아버지 대신 참새 쫓아내고
이삭처럼 누렇게 익어가는 얼굴
불그스레 달아오르는 햇살
기운 없어 누워버리는 벼
천근만근인 몸 일으켜 세운다

짚으로 허리 묶어주고
탈곡기로 탈탈 털어내면
뱅글뱅글 돌아가며
고개 내민 뽀얀 속살
일 년 농사 풍년이라고 소리 지른다

온종일 팔 벌리고 벌서고 있는

아버지 역할극에
가을옷 갈아입고 들녘 노닐다가
참새들 쉬어가는 쉼터 지키는
말 없는 일꾼이다

빈 사이다병

구멍가게 쓰레기봉투 옆에
버려진 나를
안쓰러워 마주하는 이 없고
도둑고양이만 지나가다
힐끗 외면할 뿐

가슴 시원하게
톡톡 쏘아대던 맑은 모습
온데간데없이 사라져
쓸어내리던 기억

이른 새벽 폐지 줍는
할아버지의 하루가
내 안에 들어 있을 뿐

손수레 바퀴에
밟혀 살아온 그림자
허공 속에서 따라온 허기
젊은 날 통곡이
밤새 울다 간다

4부
오늘도 내일도 꽝꽝

오늘도 꽝 내일도 꽝

주말마다 멋진 데이트 꿈꾸며
양복 빼입고 나갔는데
소식 한 줄 없는 그녀
데이트도 꽝 약속도 꽝
그래도 기죽지 않고
네가 이기나 내가 이기나 해보자

주말마다 쫓아가 스토킹하고
도끼눈 뜨고 운명과 싸울 듯
소매 걷어붙이고 뜨거운 가슴
피 끓는 열정으로 억지 데이트한다

언성 높이고 18,18 소리도 지르며
지난주 당첨 숫자 분석하고
2를 넣어야 할지 7을 넣어야 할지
고민에 빠진다

주말에는 그녀 만나 찍는 연습을 하고
당첨되면 회사 때려치우고

여행 다닐 수 있다는 생각에
가슴부터 두근두근거리는 남자

집 사는 꿈으로
부풀어 올라
잠 속에서도 하늘 날아다니고

복권 한 장으로 일주일을 사는 남자

꽝꽝 복권 찍는 소리
주말이면 집안에 가득 쌓였다

달방

달방 있습니다
낡은 여관에 붙어 있는 플랜카드
사람 옷깃을 붙잡고
지나가는 사람들
힐끗 쳐다보며 눈 붙였다 뗀다

글자도 벗겨진 여관 간판
어깨에 메고 가는 달빛
별빛 초롱초롱한 눈망울
머리에 이고
혼자 보초 서는 가로등

술 냄새 풍기는 불콰한 눈
그늘에 취한 어둠
한 박자 느리게 찾아든 손님
작은 방
월세 한 칸 내어놓는다

주변 맴도는 질퍽한 가난

술 한잔에 내려놓은 고된 시름
코를 고는 무거운 육신이
꿈속에서 헤매고 있다

꽃뱀

알록달록 꽃무늬 원피스 입고
진하게 그린 갈매기 눈썹
살살 녹아내리는 듯한 애교
달콤한 말투로 애간장 녹이고
예쁘고 날씬한 몸매
쭉 뻗은 키
앵두 같은 입술
살랑살랑 흔드는 엉덩이
혀 살살 꼬아가며 다가선다

찰싹 달라붙어 급전 필요하다며
은행 계좌번호 알려 주고
선이자 쳐 준다고 약속했던 그녀
한 달 두 달 매끈하니 지나가고
스르르 꼬리 감췄다

속절없이 끊어진 소식
고금리 약속했던 주인은
황급히 떠나버리고

길게 늘어뜨린 힘 빠진 꼬리
늙은 뱀 한 마리
홀로 빈집에서 혓바닥 날름거리며
먹잇감 찾고 있다

101호 남자

가득 쌓인 먼지
엘리베이터에 먼저 올라타고
어둠이 내려앉을 때쯤
밤늦게 번호키 누르고
들어서는 101호 남자
침묵이 말벗 되고
말 없는 벽 앞에 서서
잃어버린 열쇠 찾아 헤매고 있다

거실 한구석
쪼그리고 앉아 있는 소파
하루에 쌓인 피로를 소탕하듯
컴퓨터가 외로움을 전송하고
날 깜박 세우는 TV
빈 가슴 채우지 못한 초승달처럼
남은 그리움 채우려고
달 속으로 발 한 짝
슬쩍 걸쳐 놓는다

물안개 피어오르듯
뭉클한 가슴
멍울 속으로 스며들고
내일을 찾아내지 못한
열쇠 구멍으로
빈 바람만 가득 찬다

감기

졸졸 따라다니는 감기
냇물처럼 흐르는 누런 콧물
재채기 할 때마다
콜록콜록 떨어지는 은행잎

감기약 먹어도 소용없고
노란 가래 목에 걸려 답답해서
은행 한알 두알 떨어지듯
기운 없어
바닥에 데굴데굴 구르며
노랗게 몸살 났다

감기 걸린 사람들
밟고 지나간 뒤
노란 눈물 터져 울고 있고
곪았던 상처 터진 자리
온 동네 아픈 냄새 진동한다

신발에 붙어

집까지 따라온 열감기
몸살 앓는 은행나무
열 펄펄 오르고
식은땀 뚝뚝 떨어지고
온몸 으스스
노란 냄새만 떨구고 있다

발바닥

아버지 발바닥처럼 갈라진 논둑
오랜 세월 뭉쳐진 근육으로
농사지은 줄 알았다

그러나 소등처럼
굽은 허리로 지은 것이다
푹푹 빠지는 논
장화 무릎 위에 올려놓고
헛디딘 발 옮기면

푹 패인 발자국들
튀는 햇살 사이로 바람 스며들어
젖은 가슴에 멍이 생기고
거머리 같은 집착 달라붙어
피를 빨아 먹고 있다

기계로 심고 난 뒤
부실한 모 일으켜 세우며
소처럼 멍에 얹고

고된 하루 때우곤 했다

해마다 농사 그만 지으라는 말끝으로
농사일은 홍수처럼 불어나고
숨 돌릴 시간 없이
늙은 세월 자락만 남아

늦은 밤
논에 물꼬 트러 나가
하루에도 몇 번씩
맨발로 물 높낮이를 맞추고 있다

할미꽃

산 중턱에 홀로 앉아
흰머리 흩날리며
고개 숙여 인사해도
말없이 앉아 있는 꽃
나를 바라본다

넉넉하지 않은 살림에
육 남매 키워 놓고
사는 게 힘겨워 고개 숙이는 꽃

검붉은 옷고름 곱게 매고
샛노란 치마 입고
사진 속에서 웃고 있는 얼굴

산에 오르니
소 풀 뜯기고
풀 섶 넘나들던 기억
자루에 담고 돌아오던 날
굽이굽이 넘나들던 산 언덕에

지워지지 않는
희끗희끗한 슬픔 몰려와
웃고 있는 엄마 얼굴 생각나
바라보고 있는 꽃

내 반쪽은 엄마 꽃이었다

우두커니

햇살 찾아오는 골목에 서 있다가
설렘 속에 지나가는 봄을 붙잡아 놓고
진달래 원피스 입고
창문 열고 봄바람에 대청소한다

꽃 몽우리 피워 올리는
노란 산수유
나에게 말을 걸고 잔가지 흔들더니
산수유 꽃이 되었다
나도 꽃이 되었다

겨울 이겨낸 삭풍
새하얗게 고개 내밀고
봄이 왔는지 모르는 목련꽃
나도 꽃이 되었다

나뭇가지 위 개나리
간지럼 태우고 있는 봄바람
웃고 있는 햇살

노란 치자 빛으로 물들어
개나리꽃이 되었다
나도 꽃이 되었다

꽃 구경하다
슬며시 지나가는 봄
앨범 속 사진들로 한 장 한 장
다시 꽃이 되었다

봄나들이 나온 꽃
웃고 즐기는 사람들
찬란한 봄 지나가는 그림자
가만히 서서 우두커니가 된다

마네킹

옷가게 앞을 서성이는 그림자
진달래 원피스 입고
살랑살랑 엉덩이 흔들며
사람들 시선 사로잡는다

온종일 서서
시간이 얼마나 더딜까

종아리에 알배기고
퉁퉁 부어오르며
나를 따라다닌다

말동무해주는 보름달

홀로 서서 스며드는
햇살 바라보며
가게 지키는 일이
외롭지 않냐고

훈장도 야간근로수당도 없이
걷고 걸어온 길
언제나 그 자리
팔 벌린 허수아비처럼
고행하는 길

유행 따라 다 입어본 옷
막상 갈 곳 없어
만날 사람 없어
혼자 제자리걸음이다

만두

혀 위에서
터지는 꽃망울
구수한 꽃잎 담백한 색
터져 오르는 황홀한 향기

입안에서 춤추는 맛의 향연
고기 야채 섞어
동그랗게 말아 올리고
김치 고기 섞어
동글동글 말아 꽃피운다

혀끝에서 펼쳐지는 공연
덩실덩실 춤추며
얼쑤 기분 좋아지고
어깨 들썩이는 맛은
팔과 다리 올려
엉덩이도 춤추게 한다

꽃들의 향연

어느새 몰린 관객들
탄성도 활짝 피었다

액자

가족사진 속에서 웃고 있는 너
눈웃음 살살 치며
한해 지날 때마다
낯선 그림자
액자 속 나를 대신한다

이마 팔자 주름
세월 그은 그림자
입가에 새겨진 깊은 강물
눈 밑 잔물결
액자 유리에 스민다

주름 숫자만큼 텅 빈 잔액
통장 잔액은 바닥을 보인다

보톡스 한 방 필러 한 방
얼굴 따끔따끔
팽팽하게 거짓말처럼 차오르고
다리미로 펴낸 듯

억지로 펼친 주름 꽃 한 송이

예뻐지고 싶은 꽃
액자 속에서 피어나고
세월 늦추려는 욕망은
나이 들어서도
활활 타오르는 불꽃이 되어
액자 속 시간을 태우고 있다

팔자 주름 펴지고 팔자 고쳤다

동네 아줌마 손잡고
얼굴 견적 받고 오던 날

남편 친구 돈 빌려주고
못 받아 원망으로 깊게 파인 주름
비구름 내린 자리
웅덩이 생겨 골 메워야 했다

비바람 불어오고
보톡스 필러 맞아야 한다는
처방 나왔지만
겁나고 무서워 도망쳐 나왔다

남편 권유로 주사 맞는 날
사시나무 떨듯 긴장하는 몸
얼굴에 힘 빼고 조금만 참으면
폭풍 지나간다고

하늘 노랗고 헛바람 들어와

소나기 내리고 번개 치더니
풍선처럼 부풀어 오르는 날
팔자 주름 펴지고 팔자 고쳤다

입꼬리 맑은 하늘처럼 올라가고
십 년은 젊어진 날
남편 얼굴에도 활짝 꽃 피는
화창한 날

정동진 부채길

거센 파도 부챗살 되고
푸른 물결은 얇은 한지 되고
넘실거리는 파도를 담아
짙게 드리우는 먹구름도
옅게 넘실거리는 물살도
번지르르 흐르는 햇살도
부채가 되어
시원한 바람 부른다

한번 쭉 펴니
동해파도 소리 화폭에 가득하고
두 번 접으니
바람 따라 날아오르는 나비가 되고
때론 동양화가 되었다가
때론 타령이 되었다가

마음 한편 접었다 폈다
부채길 만든다

5부

동그란 집

달팽이 집

동그랗고 작은 집
작은 손으로 두드려요
혼자 살 수 있는 좁은 공간
낮은 천장
벽지 대신 푸른 이끼 바르고 앉으면
하늘이 보여요

요즘 사람들 넓고 큰집 원해요

창문 달아 놓은 아담한 집
여름에는 매미 초대하고
상추밭에 맺힌 이슬 초대해요

가을에는 배춧잎 위
내려앉은 이슬
겨울에 찾아오는 추위는
비닐하우스로 바람을 막아요

귀 쫑긋 세워 예민해지는 밤에는

더듬이 점검해요

동그란 눈으로
세상 사는 이야기 천천히 듣지요

조금 느려도 괜찮아요
조금 작아도 괜찮아요
조금 추워도 괜찮아요

작은 집의 숨결을 즐겨요

철쭉

방금 도착한 메시지

활짝 핀 웃음에
사로잡힌 네 마음
네가 기운 없어 할 땐
맥이 확 풀리기도 한다

너를 보면 없던
기운 솟아오르고
여기저기서 찾아오는 발길
차마 떨치지 못하는 너

헤프게 웃어주지 않기를
네 속마음
누구에게도 들키지 않기를
함부로 헤픈 여자 되지 말기를
찰칵할 때도 눈 감지 말기를

네 마음 진입 금지라는 팻말로

첫사랑인 너를
와락 끌어안고 싶다
뚝뚝 떨어지는 자존심마저
지켜주고 싶은 마음 이해해주기를

메시지 읽은 후
그녀, 확인 키를 누른다

청국장

입동에 단단했던 메주콩 삶아
콩 사이사이 넣어둔 볏짚
간 맞추듯 따뜻한 아랫목에
고운 이불 덮어 잠재운다

시집온 첫해
고추보다 매웠던 시어머니
시자도 싫다던 며느리 마음처럼
시간이 지나고
시시때때로 부대끼며
시답잖은 진물 엉키어 달라붙듯

아랫목 메주콩
볏짚과 어우러져
끈끈한 진액 뽑아내고
사이좋게 곰팡이꽃 피워 올렸다

상처 입었던 말 한마디에
힘든 시간 견디고 나니

며느리 마음도 누그러지고

시어머니 말도
구수해진 청국장처럼
진한 손맛에 길들여져
이제 빠져나오지 못하고

청국장 냄새만
온 동네로 구수하게 퍼져나간다

칼

요즘 젊은이들
반으로 잘라서 말하고
칼날처럼 뾰족하게
문장 끝을 잘라낸다

어른들은 나이 들수록
뇌에서 지워지는 단어
텅 빈 기억 속에서
말 줄이고
옷섶 줄이듯 물길 닫으니
우리말은 길 잃어버린다

끝까지 읽어 주고
말해줘야 할
우리말의 숨결이
도마 위에서 잘려나가고
토막 나서 짧아지고
혀 짧은 말로 노래한다

칼날 같은 혀 위에서
잘려나가는 단어들

첫사랑 1

입안에서 살살 녹아 버리던
아이스크림처럼
잠깐의 망설임에도
흘러내린다

웨딩드레스 입고
신부 화장하던 날
낯선 분장을 하고
사납게 그려진 갈매기 눈썹
두껍게 칠한 붉은 입술
어색한 화장 가슴에 남아
지금도 잊혀지지 않는 첫사랑

달콤하게 살자 약속했던 말
눈물 흘리지 않게
해준다고 맹세했던 말
모두 물거품 되어 돌아와
힘겨운 시집살이
울음 삼키던 그 날들

입안에서 맴돌다 사라진
달콤한 말들
이제 세월에 꺾어지는 나이
남아 있는 것은
애처로운 사랑 뿐이다

첫사랑 2

하얀 교복 입고
학교 가는 길에 마주친 소년
초롱초롱한 눈빛 쳐다보다
복숭아 꽃같이 발그레해진 볼

치맛자락 휘날리며
달아나다 넘어진 소녀
추적추적 내리는 봄비
가슴 흠뻑 적셔 주는
가랑비 되어
마음도 촉촉이 적셔 놓았다

홀로 걸었던 신작로
산수유꽃 흔들리던 길
손 흔들어 주던 가지마다
자전거 타고 달리던 길

바람이 콧등 스치고
교복이 꽃잎처럼 흩날리고

추억이 스며들 무렵
논둑으로 달려오는 소년

두 갈래로 땋은 긴 머리
희고 뽀얀 피부
소나기를 맞아도 어여쁜
울긋불긋 동그란 얼굴

추억은 자전거 위로
아직도 달리고 있다

한의원 가는 길

아픈 어깨
뭉친 근육 풀어주는 소리
두둑 두둑
동그랗게 돌아가며
내 마음 쥐었다 폈다 주무르고
부항으로 피 한 사발 빼내고
고장 난 어깨 구석구석 침놓는다

오십 년 세월 쓰고 버티어 온 통증
양쪽 어깨 시리게 파고들며
뻐근하게 쑤셔오는 어깨

침 맞고 난 상처
굳은살처럼 아물어 가고
아무 말 없이 통증 참아 내며
화끈거리는 어깨 부여잡고
한의원에서 돌아오는 길
묵직하게 앓는 소리 집까지 따라온다

비 오면 여기저기 찾아와 쑤신다는
어른들 말씀 생각난다
나도 어른이 되어 가고 있나 보다

시장통에서 절룩거리며 걸어가는
할머니 그림자 뒤에
착 달라붙은 통증
덩달아 한의원으로 따라 들어가고 있다

호두

엄마의 자궁 안
좁고 단단한 아기 집에
빛 들어 온다

초음파 속 아기 모습
콩닥콩닥 뛰는 심장 소리
작은 떨림에
가슴 뭉클해지고 눈물 난다
신비의 탯줄 통해
엄마와 몸짓으로 교감하고
발길질로 관심 끌며
엄마 얼굴 궁금하면
한 바퀴 빙 돌아 신호 보낸다

흐르는 운명 교향곡에
조용히 몸 웅크린 채
엄마와 한 몸 되어 음악에 잠긴다
동화책 읽어주는 아빠 목소리에
영재처럼 이야기에 빠져들어

우주 공간에 붕 떠서
탯줄 따라 떠나는 자유로운 여행

자궁 안은
따스한 봄날처럼
잔잔한 바람마저 눕는 곳
햇살 비추는 포근한 집

개미

손바닥만한 컨테이너 안
초소에 웅크린 채
겹눈으로 아파트 지킨다

백발이 된 검은 머리
쪼그라든 넓은 가슴
더듬이 곤두세우고
나도 모르는 사이
내 안에 다른 내가 기어가고 있어
각진 얼굴에 숭숭 자란 수염이
뽀족한 가시에 비명처럼 찔린다

다달이 목 조르는 월세
허리 찌르는 가난의 냄새
허공 속으로 밀어 넣으면
지나가는 눈빛 빈 가슴 찌르고
우르르 비명 지르는 고지서들
이젠 더듬이조차 지쳐
한 줌 남은 기력마저

길 잃어 가고 있다

병원 응급실 형광등
애처롭게 바라보는 눈빛
피곤한 울음이 먼저 잠든 하루
찌르르 밤잠 설치는 찌르레기
어둠 붙잡고 있던 불빛
검은 눈물 몇 방울 같은
개미들 또 보인다

반지

예물로 받은 가락지
어려울 때마다 팔아 썼는지
흔적도 없이 사라지고
대궐 같은 집 지은 것도 아닌데
지번 없는 빈집 한 채
손가락 마디에 남았다

조그마한 집 이사할 때 보태고
아이들 학교 입학할 때 보태고
낀 기억 뺀 기억 없이
소리 없이 집 나간 반지
다른 주인 만나 잘 살고 있겠지

내 손에 있을 때보다
젊었을 때 고생인 줄 모르고
열심히 살았던 기억들
굵어진 손가락 마디
깊게 내려앉은 주름마다 새겨져
손등에 꽃으로 피었다

휴대전화

잠시도 잊어본 적 없는
출퇴근 길 언제나 함께하는
곁에 없어서는 안 되는 너
손에서 놓을 수도 없고
잊을만하면 까톡까톡
소리로 존재감을 드러낸다

쿵작쿵작 울려 퍼지는
경쾌한 벨 소리
관심 끄는 노랫소리에
전철에서도 시선은
오로지 너뿐이야

내 손 꼭 잡고 걸으며
까톡까톡 소리 들려주며
알뜰살뜰 챙겨주는 너
오늘도 든든하게 너만 믿는다

간장 담그기

곰팡이 곱게 핀 꽃
덩어리째 넣고 물 부어준다

곱디고운 빨간 입술 같은 고추
시커멓게 타버린 숯
염전에서 먼 길 달려온 천일염
예쁘다고 힘들었냐고
서로 안부 물으며
서로 하나 되기를 기다린다

메주 몸 풀고 된장 되는 날
남들이 흉내 내지 못하는 맛
항아리 속에서 장인의 손맛으로
까맣게 익어갈 뿐이다

꽃으로 詩를 읽다

— 임미자, 꽃으로 세상 활짝 피우기

배 준 석

(시인 ·『문학이후』 주간)

글 쓴다는 것은 자신과 주변 사람과 세상에 대해 깊은 관심을 보이는 일이다. 그래야 의미도 따라오게 된다. 때로 지식보다 더 중요한 자리를 차지하는 것이 관심이다. 이는 다양한 형태로 나타나는데 소재로, 개성으로까지 힘을 발휘한다. 일반적인지 아니면 특별한 것인지 극히 개인적인 관심인지는 크게 중요하지 않다. 현대 사회는 관심의 폭이 넓고 깊어서 어느 것이 좋고 나쁘고 따질 필요가 없다. 다만 내가 감당할 대상인가를 따져가며 때에 따라 풍자나 비판, 비교나 의미로 활용하면 된다.

글은 우선 무엇을 쓸 것인가가 중요하다. 여기서 무엇은 관심에서부터 시작된다. 그다음은 애정을 보태는 일이 필요하다. 애정은 감동과 의미를 만드는 데 요긴하게 사용된다. 일방적으로 나에게 쏟아대는 애정이 아니라 같은 시대를 살아가는 사람들에게 보내는 메시지로 변환될 때 좋은 글이 될 수 있다.

사람은 살아가는 방식이나 생각이 다 달라서 나 외의 사람들에게 관심을 보이기 시작하면 이야기가 끝없이 쏟아져 나오게 된다. 소재가 무궁무진하다는 이야기다. 그리고 나와 다르게 살아가는 이야기는 또 다른 관심에 호기심까지 자극하게 된다.

이렇게 만난 소재를 어떻게 표현하느냐가 그다음 문제로 떠오르게 된다. 이때 비유가 필요하다. 시는 다른 장르와 달리 특별한 양식을 필요로 하는데 그 이유가 비유와 상징을 차용한다는 것이다.

비유는 갖가지 수사법으로 활용하게 되는데 임미자 시인은 여기서 꽃이건 유리건 윷놀이건 간에 모두 사람 이야기로 환원시키는 의인법을 즐겨 쓴다는 것이 특징으로 꼽힌다. 이는 이번 시집의 비밀을 여는 열쇠이기도 하다. 이러한 비유를 통한 이중 구조에서 한 단계 더 나아가 삼중 구조로까지 입체감을 만드는 매력도 보여주고 있어 사뭇 고무적이다.

우선 이번 시집에서 가장 많이 등장하는 꽃 이야기로 사람 살아가는 이야기를 어떻게 풀어나가고 있는지 귀 기울여 들어보자.

꽃으로 詩를 피워내다

꽃은 어려운 소재이다. 많은 시인이 다양하게 노래했기 때문에 웬만해서 빛 보기가 힘들다는 것이다. 다음은 꽃이 가지고 있는 이미지가 강해서 신선하고 새롭게 표현한다는 것이 큰 부담이 되는 것이다. 그런데도 임미자는 과감하게 꽃에 대한 시편들을 상당 부분 선보이고 있는 것은 늘 새로움을 찾겠다는 시도이며 도전적인 용기라서 크게 격려할 일이다.

　　눈빛 두리번두리번
　　꼼지락꼼지락 움직이는
　　손가락 발가락

　　핏기 가시지 않은
　　볼그스레한 아기 얼굴빛
　　고개 갸우뚱 웃는 듯 우는 듯
　　잘 떨어지지 않는 입술로
　　옹알옹알
　　엄마에게 말하고 싶어

　　터뜨린 첫 웃음
　　또르르 구슬 굴러가는 소리
　　엄마 바라보고 눈 마주치며
　　숨죽인 목소리로 들려주는
　　자장가 소리

　　아롱아롱 피어오르는
　　배냇저고리 아기분 냄새
　　향기처럼 봄빛 안에 누워 있다

— 「매화」 전문

　힘겨운 겨울을 이겨내고 피는 매화와 엄마 뱃속에서 오랜 기간을 이겨내고 탄생한 아기와의 비유가 신선하다. 자연스레 매화가 아기로 의인화되었다. 아기가 귀한 시대, 그래서 아기 이야기 자체가 큰 의미로 다가온다. 얼마나 반갑고 귀엽고 기특한 존재인가. 사랑의 향기가 온 세상에 가득한 느낌이다.

분위기에 맞게 '꼼지락꼼지락' '옹알옹알' '아롱아롱' 같이 꽃이 피는 모습을 성유로 또 한번 비유하고 있어 시의 맛에 입체감을 살려내고 있다.

이렇게 꽃을 꽃 그 자체로 보지 않고 사람 이야기로 풀어 내는 모습이 이번 시집에서 주류를 이루고 있으며 특징으로 까지 굳게 자리 잡고 있다. 그것도 어린이로부터 시작하여 성인에 이르기까지 다양한 이야기를 풀어내고 있다.

추위 속에 피워낸
좁쌀 같은 노란 웃음
버들강아지처럼 부드러운 살결
가느다란 머리카락
꼬물거리는 작은 발
사진 속 아기 볼에
꽃이 피어난다

― 중략

또랑또랑한 눈동자로
세상을 마주하기 위해
보드라운 아기 볼 젖살 올라오고
엉덩이 토닥이며 눈 맞추고
따스한 봄날처럼
활짝 피어나렴

― 「산수유꽃」 중에서

이 시 역시 산수유꽃과 아기가 연결되고 있다. 동시 분위 기가 살아나는 것은 소재 때문이다. 새봄에 맞춰 아기 이야 기로 비유하는 것은 자연스러운 일이다. 새봄, 새 희망을 엿

보게 하는 일은 당연한 일이지만 산수유꽃을 통해 부드럽고 따스한 분위기를 만들어 놓는 것은 시의 본령을 지키는 일이기도 하다.

아기 우는 소리가 끊어졌다거나 인구 소멸 위기로 치닫는다거나 하는 문제를 굳이 꺼낼 필요도 없게 만드는 것이 임미자가 보여주는 자연스러운 의미이다.

겨우내 덮었던 하얀 이불
묵은 때 세제 넣고 돌리면
동글동글하게 뭉쳐지는 먼지
하얀 거품은 원을 그리며
세탁기 안에서 철썩철썩 파도친다

이리저리 돌고 부딪히며
몸살 나기 시작하고
먼지 헹궈 내려고 안간힘 쓰며
여러 번 헹구어 탈수한다

햇살 한 숟가락 추가하면
건조기 안에는
새로 장만한 이불처럼
뽀송뽀송 온기 가득하다

— 「목련」 앞부분

이불 빨래를 하며 목련을 찾아내고 있다. 아니다. 하얀 목련을 보고 하얀 이불 빨래하는 일을 찾아내고 있다. 목련은 종류도 많지만 시로 쓴 것도 수백 편이 넘을 것이다. 그때 남과 다른 시선으로 목련을 보고 있는가가 관건이 된다. 단순한 감정이 앞서게 되는 목련을 임미자는 나름 독특한 꽃으로 피워 놓았다.

목련을 이불로 보는 순간 행복한 꿈을 꾸는 과정이 읽는 사람 마음을 편안하게 한다. 그 안에 대상을 보는 긍정적인 모습이 일련의 꽃과 관련된 시의 장점으로 꼽힌다.

꽃과 관련된 시 속에서 획득하게 되는 밝고 긍정적인 이미지는 임미자의 특징으로도 자리 잡고 있다.

뻥이요
수원 지동시장 골목 돌고 돌아
뻥튀기 아저씨 분주한 손길 속에
받은 번호표
낡은 깡통에 담긴 흰쌀

좁은 골목길
가던 길 멈추고 구경하는 구름
우주선 탑승하는 고봉 쌀
발사 외치는 순간
연기 뿜으며
하늘 위로 날아오른다

좁은 공간에서
뱅글뱅글 도는 우주선
지구가 달을 당기듯
별 주위를 맴돌며
하얀 꽃잎 행성을 돌고 돌아
뜨겁게 달궈진 몸으로
우주선 타고 내려와
승객 맞을 준비 한다

뱅뱅 맴돌며 날아다니는 참새들
날개 퍼덕이다 내려놓고

번호표 받고 줄 서 있는
우주선 탑승객들

우주 정거장에서
입장권 들고
순서 기다리며 설레는 마음으로
오천 원으로 할 수 있는 우주여행
구수한 추억을 배로 튀긴 하얀 꽃잎
두둑이 우주여행 떠난다

— 「벚꽃」 전문

　벚꽃 피는 것과 뻥튀기는 것은 일반적인 비유다. 여기에 만족하는 것은 시에서 금기사항이다. 그다음 한 번 더 깊게 비유의 대상으로 찾아낸 것이 우주선이다. 오천 원으로 떠나는 우주여행은 상상이다. 실제로 벚꽃 구경하는 서민들의 모습을 삶의 현장인 시장 풍경으로 옮겨 놓았다. 벚꽃과 뻥튀기와 우주선의 삼각관계는 시다운 모습을 보여주기에 부족함이 없다. 시장 구경이나 벚꽃 구경의 멋과 맛이 우주공간으로까지 수천 배로 고소하게 튀겨진 것이다.

그리운 벗 따라 돌아갈 수 있을까
꽃 핀 자리, 상처 깊어지고
나가고 싶어도 길 막힌 유배지의 섬

마지막까지 놓지 않았던
붓 한 자루 이 섬에 남아
꽃이 진 자리마다 상처 눈부시다

붓 가는 대로 세월 가는 대로

그 울분을 담아낼 수 있다면

추사관 뒤편에 숨겨진 노란 웃음
고통의 무게 뒤로한 채
하늘 향해 웃고 있는 꽃

물길 따라 바람 부는 대로
슬픈 유배지 찾아 나 홀로 피었네

하얀 속적삼 풀어헤치며
차가운 물 속에서
맑은 영혼 피어오른다

천대받는 아픔 사무쳐
엉킨 세상 때를 씻어내고

붓 잡고 선 긋고 획 그리며
창호지 위에 그럴듯하게
마음 한 폭 내려놓는다

— 「수선화」 전문

꽃이라는 낯익은 소재가 변주되고 있다. 그 비유의 대상
도 다양한 이야기를 소환하고 있어 단순한 꽃 이야기가 아님
을 확인하게 된다.

수선화와 추사와의 연결도 의미가 깊다. 조선 시대 제주
도는 목숨 걸고 유배 가는 곳이다. 그리고 우리가 아는 일군
의 유배당한 선비 중에는 죄보다는 모함이나 파벌로 인해 억
울하게 당했다는 느낌이 강하다. 추사의 유배도 그래서 안타
까운 마음으로 먼저 다가온다.

그 유배지에서 국보인 세한도가 나온 것은 유배의 꽃이라고 할 수 있다. 그 꽃이 수선화로 다시 피어난 느낌은 또 무엇인가. 임미자의 특징인 한 번 더 생각의 꽃을 피운 결과인가.

그렇다. 수선화, 제 얼굴을 비춰보고 스스로에 취해 죽음을 맞이한 나르시스의 분신처럼 하늘을 보며 노랗게 웃는 수선화. 지금도 우리 주변에 힘없는 사람들이 억울하게 당하는 일은 없는지 생각의 끝을 늘려보면 의미는 더 커질 수밖에 없다.

4월 26일 낮 12시
돌이와 순이 결혼합니다
꽃잎 지기 전 봄바람처럼
살랑살랑 웃음 날려 드리겠습니다
신랑 싱글벙글 웃음꽃 피우고
신부 얼굴 붉게 핀 연지 꽃
진한 향기 속삭이는 가지마다
이른 봄에 결혼한다고

남아 있는 쌀쌀한 바람 이겨내고
아픈 봄밤 참아내고
송이송이 꽃 피우기 위해
상처 분홍빛으로 아물고
가지마다 웃음 걸고 약속합니다

서로 부딪치지 않도록
어려움 이겨낼 수 있도록
청첩장에 달콤한 향기 가득 담았답니다
분홍 드레스 바람에 팔랑팔랑 날리고
턱시도 차려입고 춤추는 신랑
복숭앗빛으로 물들어
서로 닮아가는 한 쌍입니다
비바람에 부딪히며 살아 보겠습니다

설익은 약속에도 구경나온 하객들
부드럽고 달콤하게 익어가기를
힘찬 박수로 화답합니다

— 「복사꽃」 전문

갓난아기로 시작된 이른 봄의 매화로부터 어느새 여름빛으로 접어드는 복사꽃에 이르러 성인이 되었는가, 결혼한다는 소식까지 듣게 되었다. 그야말로 꽃으로 쓴 인생 한 편을 생생하게 살펴보는 느낌이다.

복사꽃은 도화라고도 한다. 얼굴이 복숭앗빛으로 발그스레 물든 처녀들을 보고 남자를 유혹하는 도화살이라는 말도 사용하지만 그만큼 예쁘다는 표현으로 보면 된다. 판에 박은 내용이 아니라 대화체로 쓴 청첩장이라서 실감 나게 읽힌다. 내용도 구체적이다. 그리고 청첩장을 받고 부담되는 것이 아니라 마치 내 일처럼 가슴부터 설레는 기분이 들게 된다.

복사꽃 아름다운 계절에 선남선녀가 결혼하고 아들, 딸 낳고 행복하게 살아가는 일은 자연스러운 일이다. 이 자연스러운 일이 인위적으로 여기저기 벽을 만들고 있어 심각한 문제가 생기고 있다.

그런 시대적 화두도 자연스럽게 풀어지기를 바라는 마음이 엿보이고 있다.

가시덤불 같은
젊은 시절 다 걷어내고
어느덧 꽃봉오리 같은
중년에 접어들었다

불같은 성격 바람에 쓰러지고

내리쬐는 햇살에 빛바랜 얼굴
거뭇거뭇 기미 달아오를 때
희끗희끗 올라오는 흰 머리
가르마 사이로
물꼬 터놓은 물길 같다

나이 들수록 고개 숙이며
겸손해지는 법 가르쳐주는 유월

행여 남의 가슴에
가시 같은 상처 주고
돌아오지 않았는지

하얀 달력 속에는
생일이 꿈틀거리고
괜찮다 괜찮다
걱정하지 마라
고향의 아버지
어서 가라
손짓하며 뒤돌아서던 모습
그려지는 하얀 밤

— 「찔레꽃」 전문

　빨갛고 노란 꽃들이 지고 나면 하얀 꽃들이 찾아온다. '어느덧 중년'이라는 구절이 나오고 있다. 그렇게 꽃 피고 지다 보면 인생의 뒤안길로 들어서게 된다. 그 길에서 추억이라는 페이지를 넘기고 있다.

　한 세대 전, 이 땅에서 가난과 싸우며 고생이라는 말을 입에 달고 살아야 했던 아버지, 어머니도 새삼스럽게 눈물 속으로 떠오르게 된다. 그래도 참으며 괜찮다고 속마음 감추던

아버지 생각에 찔레 가시에 찔린 듯 마음이 아파오는 것은
어쩔 수 없다.

찔레꽃이 그래서 하얗게 피어 하얀 밤을 새우는 것인지도
모른다. 임미자는 이러한 인생의 깊은 맛까지 우려내며 꽃과
인생, 시와 꽃을 노래하고 있다.

한 인생을 대비시켜가며 꽃에 대한 임미자의 시 세계를
살펴보았다. 시의 본령인 비유를 통한 나름대로 개성과 이야
기가 꽃에 대한 편견과 익숙함을 벗어난 곳에 자리 잡고 있
다는 것을 확인하게 된다. 그렇다면 좋다. 꽃이라는 위험 요
소가 많은 소재를 그것도 요란하지 않은 평범한 꽃들로 다양
하게 변용할 수 있다는 것은 앞으로 임미자의 시 세계를 더
풍요롭게 해줄 것이 틀림없기에 든든한 믿음의 박수를 보내
게 된다.

詩로 꽃을 피워내다

시는 원래 꽃이다. 그래서 언어로 정교하게 꽃피워내는
일이 시인의 덕목이다. 세상에 꽃이 없다면 얼마나 삭막하고
쓸쓸하겠는가. 그렇다면 시인이 그런 역할을 제대로 하고 있
는가, 의문이 든다. 시인은 많은데 시만 잘 쓰는 사람인지,
인성은 시인인데 시가 따라가지 못하는 것은 아닌지, 멋으로
만 시인인지, 유명한 시인이라는데 목에 힘이나 주고 다니지
는 않는지 각양각색의 시인들이 난무하는 시대에 시인 또한
너무 많아 공해를 일으키고 있는 것은 아닌지 현대로 들어서
며 많은 반성과 성찰을 하게 된다.

벽에 걸려 있는 작은 액자 안
금전수 한 그루 심어
필요할 때 한 잎씩 따서
쓰다 보니

통장은 바닥을 보이고
액자 안에 남은 여백
허공을 향해 던지는
빈 마음만 미안하고
쌓여 있던 잔액 구멍이 나도
그래도 버리지 않는 구석이 있다

노란 싹 다시 돋아날 거라고
든든하게 지켜 줄 거라고
노란 금덩이들 하나둘 달리고
액자 안 작아지면
큰 액자 속으로 이사할 거라고
금전수 한 그루 심었더니

하루가 다르게 쑥쑥
이자처럼 자라고 있다

— 「금전수」 전문

돈 많이 벌게 해준다는 믿음이 담겨서인가, 개업 집 단골 손님이 금전수다. 가난한 사람은 더 가난한 일이라서 일확천금은 아니지만 넉넉하게 살 수 있는 바람이 있다.

다닥다닥 붙어 있는 금전수 이파리가 마치 돈 같아서 바닥을 보이는 통장에 돈도 들어오고 금덩이가 매달리고 큰 아파트로 이사도 가는 꿈이 곧 찾아올 것 같은 느낌이다. 힘들지만 열심히 살아가려고 애쓰는 서민 편에 서 있는 모습이

굳건한 희망이 되고 있다. 여기서 서민이라는 말은 임미자 시의 또 다른 관심과 화두가 되는 말이다.

　　알록달록 꽃무늬 원피스 입고
　　진하게 그린 갈매기 눈썹
　　살살 녹아내리는 듯한 애교
　　달콤한 말투로 애간장 녹이고
　　예쁘고 날씬한 몸매
　　쭉 뻗은 키
　　앵두 같은 입술
　　살랑살랑 흔드는 엉덩이
　　혀 살살 꼬아가며 다가선다

　　찰싹 달라붙어 급전 필요하다며
　　은행 계좌번호 알려 주고
　　선이자 쳐 준다고 약속했던 그녀
　　한 달 두 달 매끈하니 지나가고
　　스르르 꼬리 감췄다

　　속절없이 끊어진 소식
　　고금리 약속했던 주인은
　　황급히 떠나버리고
　　길게 늘어뜨린 힘 빠진 꼬리
　　늙은 뱀 한 마리
　　홀로 빈집에서 혓바닥 날름거리며
　　먹잇감 찾고 있다

— 「꽃뱀」 전문

　꽃 이야기에 이어 꽃뱀까지 등장한다. 고정관념을 버리고 원초적인 시선으로 보면 꽃뱀은 아름답다. 그 정교한 무늬와

고운 색상은 어느 화가도 그려내기 어려운 작품이다. 임미자
는 그 꽃뱀을 예쁘고 날씬한 여자로 그려 놓는다. 원래 사기
꾼이 더 달콤한 말을 꺼내놓는다. 기가 막히게 사람 간장을
다 녹인다. 그래서 어어, 하는 사이에 당하는 것이 사기다.
　　그럴듯한 말로 한몫 보며 끝내 서민들을 실망시키는 일이
주변에 어디 하나, 둘인가. 믿을만한 사람이 없는 시대에 꽃
뱀은 상징으로 제 역할을 다하고 있다.

　　　개미허리만큼 작아진 취업 문
　　　대학교 강의실 빽빽한 필기 속
　　　책갈피 사이로 꿈은 튀어 오른다

　　　멀게 느껴지는 초원 위 얼룩말
　　　촉각 세운 작은 귀로 세상을 듣고
　　　빠르게 변하는 시장을
　　　큰 눈으로 쫓아다닌다

　　　상처처럼 짙어진 검은 줄무늬
　　　힘겨운 공부 버텨낸 졸업장
　　　밤낮없이 뛰어다닌다

　　　넓은 세상 나아가기 위한
　　　힘겨운 발길질 계속 된다

　　　도서관 불빛 새벽녘까지 빛나고
　　　꿈을 향한 긴 목 늘여가며
　　　나만의 무늬 새기며
　　　대기업을 향한 몸부림
　　　먼 길을 가깝게 뛰고 또 뛰어간다
　　　임미자의 시선은 한곳에 머물지 않는다. 끊임없이 주변을

―「얼룩말」 전문

살펴보고 시적 대상을 만나면 주인공으로 초대한다. 단순한 감정이나 알 수 없는 추상적 대상이 아니다. 현대 사회의 그늘 속에서 생기는 일들을 구체적으로 찾아내고 걱정하며 그 편에 서서 어느새 작은 등불을 켜 들고 있다.

'개미허리만큼 작아진 취업 문'이라는 첫 구절은 직유면서 향소과장이다. 이렇게 직유와 과장법이 만나는 것을 장유라고도 한다. 심각한 청년 실업 문제를 실감 나게 표현하기 위한 수사이다.

'힘겨운 발길질'처럼 취업을 향해 달리는 일이 어려움뿐이지만 얼룩말처럼 용감하게 뛰기를 바라는 마음이 간절하게 읽힌다. 이 땅의 청년들에게 보내는 뜨거운 관심이 다시 가슴을 뛰게 한다.

달방 있습니다
낡은 여관에 붙어 있는 현수막
사람 옷깃을 붙잡고
지나가는 사람들
힐끗 쳐다보며 눈 붙였다 뗀다

글자도 벗겨진 여관 간판
어깨에 메고 가는 달빛
별빛 초롱초롱한 눈망울
머리에 이고
혼자 보초 서는 가로등

술 냄새 풍기는 불콰한 눈
그늘에 취한 어둠
한 박자 느리게 찾아든 손님
작은 방
월세 한 칸 내어놓는다

주변 맴도는 질펀한 가난
술 한잔에 내려놓은 고된 시름
코를 고는 무거운 육신이
꿈속에서 헤매고 있다

─「달방」 전문

낡은 여관에 술 취한 손님이 찾아드는 풍경은 대구다. 세상에는 전혀 다른 사람들이 상상할 수 없는 곳에서 만나기도 하지만 대개 그만그만한 사람들이 그만그만한 곳에서 만나게 되는 것이 인지상정이다. 가난이니 시름이니 하는 익숙한 말이 필요 없이 '달방'이라는 한마디로 서민들 모습을 대신하고 있다.

여기서 시인은 그 무엇도 될 수 있다는 것을 몸소 보여주기도 한다. 달방 주인이 되었는가 하면 술 취한 손님도 되었다가 3자 입장에서 관찰자가 되기도 한다. 임미자는 남들이 지나쳐 가고 있을 때 멈춰서서 관심을 가지고 찬찬히 관찰하고 있다. 그렇게 사람 살아가는 모습들을 찾아내고 시로 연결시키고 있다. 주변의 힘들고 어려운 사람 편에 서서 생각과 고민의 공덕을 쌓고 있다.

가슴 속으로 비바람 불어오고
겁 없이 천둥 번쩍 찾아오는 날

말없이 뒤따라와
집 앞에서 머뭇거리며
눈치 살피더니
헛된 비밀번호 눌러 대고

손잡이 부술 듯 문고리 잡아당긴다

처음 보는 거친 얼굴로
동네방네 욕설 퍼붓고
나오라고 소리소리 지르는 남자
슬그머니 다가와 협박하다
상처만 남겨놓고 달아나 버렸다

아무 때나 찾아오고
불시에 집까지 따라와
천둥 번개 치듯 우당탕 요란 떨더니

음산한 바람 한바탕 몰아치자
덥고 습한 기온 치솟는 날 반복되고
고기압 아래 찌푸린 하늘
내 마음도 흐린 날
비바람에 흔들리는 나무도
무섭고 버거운 날 계속되었다

— 하략

— 「장마」 중에서

초대하지도 않았는데 집까지 따라와 나오라고 소리소리 지르는 남자, 본 적이 있다. 금방 동네방네 소문이 나서 죄 없는 데도 얼굴 들고 다닐 수 없었다는 이야기 들은 적 있다. 그도 지나치면 생명 위기까지 생길 수 있다. 그런 남자가 장마 같다면 그럴듯한 이야기가 된다.

자연 환경문제는 이미 선을 넘었다. 예측할 수 없는 기후문제는 갑자기 홍수가 진다든지, 가뭄이 지속된다든지 하는 일이 일상처럼 벌어지게 되었다. 이로 인한 피해도 선을 넘

은 지 오래되었다. 재앙이라고도 하는데 탄식만 있을 뿐 효
과적인 대책이 없다. 아니다. 대책은 있는데 실천이 따라잡
지 못하고 있다.

　자연현상이나 사람 살아가는 일이나 비슷하다. 사람도 자
연의 일부라고 생각하면 크게 어긋난 일도 아니다. 이렇듯
임미자는 다양한 이야기를 적절한 비유를 통해 주변 현상이
나 사물, 식물, 동물 등과 만나고 있다.

　　내 몸에 붙어 있는 종이 한 장
　　― 주인님을 기다립니다
　　아무도 찾지 않는 넓은 매장
　　텅 빈 몸에 올라온 허기
　　하얀 구름 이사 가는 날
　　마음 허해져 구름 발자국 쫓아다닌다

　　얼굴 가려놓고
　　보러 오는 사람 없고
　　월세만 묻고 고개 흔들며
　　냉정하게 등 돌리는 사람들
　　계약 성사되길 기다린다

　　임대 들어오면 간판 달아주고
　　달빛 조명 넣어 줄 텐데

　　나는 반딧불이 되어
　　온 동네 날아다니며
　　동네 이야기 매달고
　　환한 미소로 홍보해 줄 수 있는데

　　아직 주인 만나지 못해
　　내 몸에는 임대 문의 글귀 남아 있고

기다리다 지친 햇살 들어와
상담 중이다

늦은 밤 찾아오는 별들도
친절하게 상담해 줄 예정이다

―「유리」 전문

밖에서 안이 훤히 들여다보이는 것이 유리다. 그 유리가
보여줄 것이 임대 문의라는 종이이다. 남 이야기가 아니다.
과거 상가 하나 가지고 있으면 먹고산다는 말도 옛날이야기
가 되었다. 상가 분양받고 임대가 되지 않아 고생하는 사람
도 많다는 소식이다. 코로나 영향이라고도 하고 배달문화 때
문이라고도 하고 총체적 불경기 때문이라고도 한다. 누가 이
난국을 해결해 줄 것인가. 없다. 그나마 햇살이나 별들이 상
담하러 찾아온다는 것이 다행스럽지만 이도 기실은 답답해
서 던지는 핏빛 절규를 순화시킨 것이다.

임미자는 이렇게 답답한 시대를 처절하게 노래하는 시인
이다. 단순하게 시를 예쁘게 쓰려고 한다거나, 시가 시에 빠
져 허우적거린다거나, 시가 제 길을 잃고 헤맬 때 분연히 일
어나서 우리 사회의 아픈 구석구석을 맥 짚고 있는 것이다.

차가운 유리를 소재로 선택한 것은 이처럼 차가운 현실
때문이다.

주말마다 멋진 데이트 꿈꾸며
양복 빼입고 나갔는데
소식 한 줄 없는 그녀
데이트도 꽝 약속도 꽝
그래도 기죽지 않고

네가 이기나 내가 이기나 해보자

주말마다 쫓아가 스토킹하고
도끼눈 뜨고 운명과 싸울 듯
소매 걷어붙이고 뜨거운 가슴
피 끓는 열정으로 억지 데이트한다

언성 높이고 18,18 소리도 지르며
지난주 당첨 숫자 분석하고
2를 넣어야 할지 7을 넣어야 할지
고민에 빠진다

주말에는 그녀 만나 찍는 연습을 하고
당첨되면 회사 때려치우고
여행 다닐 수 있다는 생각에
가슴부터 두근두근거리는 남자

― 하략

―「오늘도 꽝 내일도 꽝」 중에서

여기서 '꽝꽝'은 틀렸다든지, 재수가 없다든지 하는 말보다 한결 실감 나는 효과를 톡톡히 살려내고 있다. 기대가 크면 실망도 따라서 큰 법, 꽝꽝은 그 실망의 자리에 울려 퍼지는 통곡의 메아리다. 세상 공짜가 그리 쉬운 일인가. 일확천금이 생기면 정녕 행복한 것인가. 그냥 꿈으로 사는 것은 죄가 되지 않는 일인가. 그러나 서민의 꿈은 약속도 없는 그녀를 하냥 기다리는 일과 같다. 그 모습을 재미있게 표현하고 있어 시도 때로 이렇게 재미있게 읽을 수 있다는 것이 그나마 위안이 된다.

이렇듯 임미자는 주변에서 흔히 볼 수 있는 사람들 이야기를 당연한 듯 들려주고 있다. 그 위에서 시의 꽃을 피우며 그 꽃을 가꾸며 꽃집 주인 역할을 다하고 있다. 시의 꽃을 사고 싶은 독자는 그래서 언제든지 이 시집 안으로 찾아오면 된다.

줄 올라타고 긴장하는 발가락
눈빛 밟으며 가는 몸 던져
웃음꽃 선사하는 광대
한 마리 나비처럼
마당 위를 날아오른다

― 중략

내 몸 줄무늬는
돼지가 되어 뒤뚱뒤뚱
개나 양이 되어 달려가고
소나 말 장수 되어 주인을 섬기고
가다가 쉬었다가 돌기도 하면서

보름달 아래
통째로 몸을 엎었다 뒤집었다
풍년가가 하늘을 흔들어 댄다

― 「윷놀이」 중에서

우리 고유의 전통 윷놀이다. 자연스레 골프나 당구 치는 것과 대조 관계가 만들어진다. 단순한 놀이지만 손에 땀을 쥐게 하고 상대적으로 비용이 들지 않는다는 특징이 첫 번째 의미이다.

두 번째는 나비를 등장시켜 가볍게 즐길 수 있는 분위기를 만들고 있다. 아슬아슬한 줄타기 묘기가 북소리에 맞춰 신명

나게 솟아오를 때 근심 걱정도 어느새 다 날아가게 된다.

그뿐인가, 세 번째 비유로 또 넘어간다. 사람들 곁에서 가족처럼 친근하게 살던 돼지나 개, 양, 소, 말을 동원 시켜 한껏 신바람을 일으키고 있는 것이다. 사람이 펼치는 줄타기 묘기와 윷놀이와의 비유는 입체적인 율동으로 구경꾼들의 환호성을 쏟아내게 하는데 거침이 없다. 와아- 소리와 손뼉을 치는 상상은 이 시의 절창이 된다.

소박하지만 몸과 마음으로 느끼는 우리 고유의 전통 놀이를 등장시켰다는 것 자체도 의미가 된다. 임미자 마음의 고향이, 시의 본적이 어디인지 가늠할 수 있는 부분이다.

시는 생각에 상상까지 얹히는 경우가 많아 쉽게 이해하기 어려운 부분이 있다. 그 사이를 가깝게 이해시키기 위해 시인이 어떤 소재를 중심으로 어떻게 시를 쓰고 있는지, 이 시대에 던지는 메시지가 무엇인지 살펴보며 조심스레 첫 시집을 펴내는 임미자의 시 세계를 크게 몇 가지로 조명해 보았다.

주변에 어렵고 아프게 살아가는 사람들은 없는지 살펴보는 것은 인간적인 모습이다. 그 인간적인 모습이 시인을 시인답게 만드는 일이다. 너나없이 바쁘고 갈수록 개인주의로 흐르고 나만 아는 이기주의가 판치는 시대에 시인의 역할은 크기만 하다. 그 역할을 자처하며 세세하게 시로 형상화하고 있는 임미자의 긍정적인 시각은 당당하다.

삭막하다 못해 살벌해져 가고 있는 것은 아닌지 걱정스러운 현대 사회에서 해결의 실마리를 찾기는 쉽지 않다. 하지만 모든 시인에게 남겨진 이 숙제를 해결하려는 대열에 합류한 임미자 시인의 행보는 꿋꿋하다. 그 곁에 관심의 꽃나무 한 그루 심어 놓는다. 목련인지 벚나무인지는 이미 중요하지 않다.

임 미 자 시집
복사꽃 청첩장

초판발행 2026년 4월 8일

지 은 이 임미자
펴 낸 이 배준석
펴 낸 곳 문학산책사

등   록 제3842006000002호
주   소 ㉧14021
          경기도 안양시 만안구 병목안로 81. 103-1205
          (성원아파트)
전   화 (031)441-3337 / 010-5437-8303
홈페이지 http://cafe.daum.net/munsan1996
이 메 일 beajsuk@daum.net

값 10,000원

ⓒ 임미자, 2026

ISBN 979-11-93511-10-7 03810